KiKi KoKí ™

La Leyenda Encantada del Coquí

Hace mucho tiempo, en la isla de Borikén, vivía un indiecito taíno llamado Kiki Kokí, a quien llamaban Kokí. Todos los niños de la tribu ayudaban a sus madres y padres a recoger frutos y a pescar para alimentarse. No así Kokí. "¡Ayudar no es divertido!" decía. "¡Quiero divertirme!"

Sucede que Kokí no fue invitado al Festival de la luna llena. "Tú no ayudaste a recoger los frutos," dijeron los adultos. "Tampoco nos ayudaste a pescar. Así que no puedes asistir a la fiesta."

Kokí estaba muy enojado. "¿A quién le importa un viejo y tonto festival?" dijo. "¿A quién le gusta ayudar? ¡Ayudar es demasiado trabajoso!"

Kokí corrió hacia el bosque. Justo entonces—¡BOOM! ¡CRASH!—se escuchó un trueno. Los rayos centellearon. Comenzó a llover a cántaros. Kokí vio una cueva cerca del río y se adentró en la misma.

Soy muy inteligente, pensó. Estoy cómodo y seco, mientras todos en el Festival de la luna ¡están mojados!

De repente, comenzó a entrar agua en la cueva. Cubrió los pies de Kokí . . . Luego sus rodillas . . . alcanzando su cintura. De pronto, se escuchó un estruendo y una ola muy grande arrastró a Kokí, empujándolo hacia el río.

Kokí pataleaba y movía sus brazos pero la ola era muy poderosa. Lo empujaba en la profundidad del río. Kokí vio la diosa Luna brillando en lo alto. "¡Por favor, ayúdame!" rogó.

Kokí comenzó a sentir un cosquilleo en los dedos de los pies y de las manos. Sintió un hormigueo en sus piernas y brazos. Sentía que su cabeza crecía. ¿Qué me está pasando? pensó Kokí. ¡Escuchó un SPLASH! Entonces dos ranas lo sujetaron por los brazos y lo halaron arriba . . . arriba . . . arriba . . .

. . . hasta sacarlo del río. Las ranas se pararon sobre él. "Yo soy Juan," dijo la más baja. "Yo soy Tonio," dijo la más alta. "Gracias por salvarme," dijo Kokí. "¿Por qué estabas en el río?" preguntó Juan. "Las ranas arbóreas no nadan."

"¡No soy una rana! ¡Soy un niño!" dijo Kokí. Miró su reflejo en el río y gritó, "¡Aaah! Es cierto." Se había convertido en una rana arbórea dorada. Kokí estaba muy triste. Quería volver a ser un niño pero ¿cómo?

"Pidámosle a Mona, la bruja lagartija que te ayude," dijo Tonio.

Mona era una lagartija cantante de salón. Tonio y Juan llevaron a Kokí tras bastidores a la guarida de Mona.

"¿Tendré que permanecer como una rana para siempre?" Kokí le preguntó a Mona.

"Cuando la luna llena brille nuevamente dentro de treinta días, regresa al río y pídele ayuda a la diosa Luna," dijo Mona. "Hasta entonces, debes vivir en la villa de las ranas y ayudarlas. Si eres un buen ayudante, podrás volver a ser un niño. De lo contrario, serás una rana para siempre."

"¡Yo ayudaré! Yo seré el mejor ayudante en la villa!"

En la villa de las ranas, éstas cantaban
y danzaban. Hablaban y reían, jugaban y
comían. Se detuvieron y miraron asombrados
al ver a Kokí caminando hacia ellos.

"¿Por qué todos me miran?" preguntó Kokí.

"Nunca antes habían visto una rana
dorada," dijo Juan.

Todos los días Kokí ayudaba. Lavaba y limpiaba, recogía frutas y capturaba moscas. ¡Hasta ayudaba a cocinarlas! Él ayudó a las ranas mayores y jóvenes, grandes y pequeñas. Si alguien necesitaba ayuda, ¡Kokí estaba allí!

A todos les agradaba Kokí. Él estaba tan ocupado y feliz ayudando, que los treinta días pasaron demasiado rápido. Pronto, la luna estaba llena nuevamente. Era tiempo de regresar al río y pedir a la diosa Luna que lo convirtiera nuevamente en un niño. Sus amigos de la villa de las ranas le celebraron una fiesta de despedida.

"Adiós, Kiki Kokí," dijeron las ranas. "Te extrañaremos," dijeron Tonio y Juan. "Yo también les extrañaré," dijo Kokí. "Pero quiero ser nuevamente un niño. Extraño a mi familia y amigos. Quiero demostrarles a todos en mi tribu que soy un buen ayudante."

Mientras Kiki Kokí navegaba río arriba hacia el mismo lugar en donde Juan y Tonio lo habían rescatado, de pronto, escuchó voces fuertes. Kokí se asomó entre las hojas.

"¡Oh, no!" jadeó Kokí. "¡Piratas!"

El capitán de los piratas señaló a un mapa. "Ahí está la villa de las ranas," dijo. "¡La atacaremos y nos comeremos las ranas!"

"¡Cena de ranas! ¡Hurra!" celebró la tripulación.

Kokí quería ayudar a sus amigos. Sin embargo, no era lo suficientemente veloz como para llegar antes que los piratas a la villa. De pronto, una gota de lluvia golpeó la cabeza de Kokí y le dio una gran idea. Navegó hacia la villa de las ranas tan rápido como pudo.

Los piratas llegaron primero a la villa. Entraron a escondidas y luego, gritando y blandiendo sus espadas, sacaron a las ranas asustadas de sus casitas.

Cuando Kokí llego a la villa, vio a los piratas empujando a sus amigos dentro del barco pirata.

"¡Dejen ir a mis amigos y yo los dirigiré hacia un tesoro dorado!" gritó Kokí a los piratas.

El capitán pirata sólo se rio. "¿Por qué debería creerle a una pequeña e insignificante rana como tú?" preguntó.

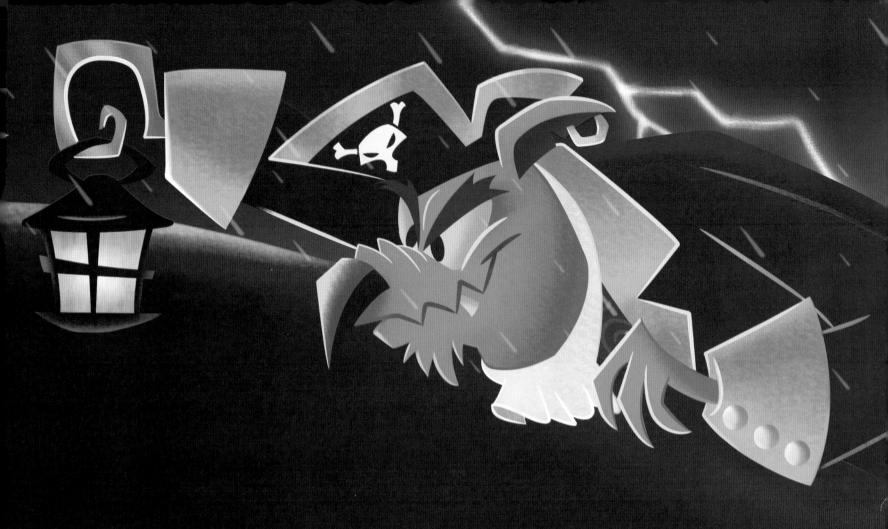

"¡Mírame!" dijo Kokí. "¿No ves cuán dorado soy? Obtuve este color al rodar sobre polvo de oro."

Cuando el codicioso capitán vio el color dorado de Kokí, sus ojos brillaron.

"Llévame hasta donde está el oro," le dijo. "Entonces liberaré a tus amigos." Pero cruzó sus dedos a sus espaldas. Obtendré todo el oro y también me comeré las ranas, pensó.

Él era astuto pero ¡Kokí lo era más!

Kokí le dijo al capitán que llevara su barco hacia la cueva. Llovía a cántaros y el agua subía y subía. Grandes olas golpearon el barco. De pronto, un enorme remolino comenzó a girar debajo de él.

"¡Salten!" les gritó Kokí a las ranas.

Las ranas saltaron al agua y nadaron, alejándose. Pero los piratas se sujetaron a su barco. Éste giraba más y más rápido. Entonces, se hundió en el remolino. ¡Los piratas y su barco habían desaparecido!

Todas las ranas se salvaron. ¿Pero dónde estaba Kokí?

Las furiosas olas empujaron a Kokí al río y lo llevaron hasta la ribera. Pobre Kokí. Parecía que la suerte lo había abandonado.

La diosa Luna miró hacia abajo y vio a Kokí. Él había probado que no era egoísta. Había demostrado que tenía un corazón de oro.

La diosa Luna brilló sobre la indefensa rana. A medida que sus rayos tocaron a Kokí, se convirtió nuevamente en un niño.

Kokí se despertó. Miró sus manos y sus pies. Se tocó los brazos y las piernas. Sintió su cabeza. "¡Soy un niño de nuevo!" gritó. "¡Gracias, diosa Luna!"

Su tribu lo escuchó gritando y llegaron corriendo. Habían estado buscándolo.

Pero cuando Kokí les contó su aventura, se rieron. "¡Tú estabas soñando!" le dijeron. "¡Sólo estuviste perdido por algunas horas!"

Mientras tanto las ranas buscaban a Kokí pero no podían encontrar su pequeño y dorado amigo. Estaban tan agradecidas de él que prometieron buscarlo por siempre.

Kokí se sentía muy feliz de haber regresado a casa y de ser un niño nuevamente. Además, era el mejor ayudante que la tribu jamás había tenido. "Ayudar es divertido," dijo Kokí a sus amigos y familia. "¡Y me gusta divertirme!"

Han pasado 500 años desde la aventura de Kiki Kokí. Muchas cosas han cambiado. Actualmente la isla de Borikén es llamada Puerto Rico. Nuevas personas llegaron y la vida de los taínos cambió para siempre.

Sólo una cosa no ha cambiado. Aún hoy, en las cálidas noches puertorriqueñas, puedes escuchar a las ranas de la isla llamándolo. Ellas guardan su promesa de buscar a su leal amigo y hasta el día de hoy, lo llaman por su nombre:

"¡Kokí, Kokí, Kiki Kokí!"

Para Nancy, Keith, Lauren y Alyssa

Dedicado a mis padres Juan and Lucy y la gente de Puerto Rico
"Gracias por compartir su bella isla con nosotros."

Copyright © 2010, 2015 by Ed Rodríguez
First published in Puerto Rico by IdeaRworks
Published by Roaring Brook Press
Roaring Brook Press is a division of Holtzbrinck Publishing Holdings Limited Partnership
175 Fifth Avenue, New York, New York 10010
mackids.com

Library of Congress Cataloging-in-Publication Data

Rodriguez, Ed
    Kiki Koki : la leyenda encantada del Coqui / Ed Rodríguez. — First edition.
       pages cm
    Summary: "The story of a fun-loving Taino Indian boy who must learn the value of loyalty
and hard work"— Provided by publisher.
    ISBN 978-1-62672-104-3 (hardback) — ISBN 978-1-62672-132-6 (paperback)
    1. Taino Indians—Folklore. 2. Taino mythology—Puerto Rico. I. Title.
    F1969.R64 2015
    398.2'089'97922—dc23

                                                                                    2014012598

Roaring Brook Press books may be purchased for business or promotional use.
For information on bulk purchases please contact Macmillan Corporate and Premium Sales
Department at (800) 221-7945 x5442 or by email at specialmarkets@macmillan.com.

First edition 2015
Printed in China by South China Printing Co. Ltd., Dongguan City, Guangdong Province

Hardcover: 10 9 8 7 6 5 4 3 2 1
Paperback: 10 9 8 7 6 5 4 3 2 1